Anna Frey
SO EINE IST SIE

verlag die brotsuppe

Anna Frey

SO EINE IST SIE

Lyrik

verlag die brotsuppe

Für meine Tochter
und meine Mutter

»Eine Gratwanderung ist eigentlich
ein klarer Weg.« (Gaby Frey)

INHALT

WEITER NICHTS	13
HOFFNUNG	14
SPIELSACHEN	16
SPRECHEN	17
GRENZE DER FREIHEIT	18
POSITION	19
SELBSTLÄUFER	20
KEINE MACHT	21
LIEBE UND WALFISCH	22
SCHÖNHEIT	23
OHNE KRAFT	24
ABSTAND HALTEN	25
UNBERÜHRT	26
VERSUCH EINER INTEGRATION	27
ALTES BILD VON JUNGEN FRAUEN	28
PILATES AUF YOUTUBE	29
ALTE FRAU	30
EMANZIPATION	31
LEIDENSCHAFT	32
AUSGEBUCHT	33
POSITIV	34
EINE NEUE VASE	35
IMMERHIN ERZITTERT	36
SCHATTEN	37
BEWIESEN	38
SELBST DANN	39
WIE SIE	40
KINDER	41

URLAUB IN ITALIEN	42
WIR	43
UNWISSEN	44
VORSTELLUNG OHNE PUBLIKUM	45
MEINE NACHBARIN	46
DAS MITTLERE	47
KLEINSTER GEMEINSAMER NENNER	48
PUSH UP BH	49
HALT	50
BLECHHÜTTE	51
BESETZT	52
VERBORGEN	53
TAUGT DAS WAS?	54
KÄTZCHEN IN DER SCHWEBE	55
GANZ	56
HELLES TIER	57
WOLLEN KÖNNEN	58
SCHAUM DER TAGE	59
ANALYSE	60
GELÖST	61
FREUND	62
SUMMEN	63
DIE VÖGEL	64
DRESSURREITEN	65
DIE AUTORIN	69

WEITER NICHTS

Es entzieht sich unserem Zugriff
sagst du traurig
nimmst erleichtert einen Schluck
zur Tanzfläche tänzelst du.

Ich liege im Liegestuhl
die Füsse im Fussbad
die Hände in Handschuhen
greife nicht zu.

Nichts ergreift uns
ausser es greift uns an.
Wir haben es im Griff.

Es entzieht sich, sagen wir traurig
nehmen erleichtert einen Zug.

Die Traurigkeit sagt nichts
traurig wie sie ist
traurig.

Weiter nichts
weiter.

HOFFNUNG

Ich sitze hinten
der Mann vorne
bespricht sich mit dem Fahrer
sie machen einen U-Turn.

Die Stadt vor den Fenstern ist mir fremd.
Die Männer kennen sich aus.
Ich würde sie auch gerne kennen, diese Stadt
aber ich habe keinen Grund.

Wir halten an vor einem Institut
mit einem Tor davor
mit einer Sicherheitsfreigabe
dahinter ein Park.

Wer hier beiläufig Zutritt hat
ist etabliert wie die Ölbilder Van Goghs
von dem Park vor dem Irrenhaus
in dem er starb.

Der Beifahrer ist wieder da
musste kurz etwas abgeben oder entgegennehmen.
Ich hoffe, er freut sich, dass ich mitfahre.

In den Kurven rutsche ich über die glatten Sitze.
Ich kralle mich am Türgriff fest, mit schwitzigen Händen
schäme ich mich für die Abdrücke, die sie hinterlassen.
Ich versuche, nicht so verkrampft auszusehen, wie ich es bin
falls er einen Blick in den Rückspiegel wirft
lächle ich und vermeide ein Doppelkinn.
Meine feuchten Schenkel kleben am hellen Leder.
Ich presse sie zusammen
habe Angst, dass sie schmatzende Geräusche machen
habe Angst, weinen zu müssen oder zu lachen
habe Angst, in die Hosen zu machen.

Ich hoffe, dass er sich meiner erbarmt und mir vergibt
meine Sünden zum Beispiel.
Er wird wissen, was es ist
ich weiss es nicht.

SPIELSACHEN

Ohne unser Ringen um sie
bleiben die richtigen Worte unter sich
nicht zum Gespräch bereit.

Spielsachen, hübsch oder verblüffend
aber man kommt nicht weit mit ihnen.

Ohne unser Ringen läuft es nicht.

SPRECHEN

Mir immer wieder meine Sprache gut zu reden
dass sie nicht eingeredet sei.
Natürlich ist sie es.
Unrein wie alle, die sprechen
wie ich, die spricht.

GRENZE DER FREIHEIT

Die Kinder stellen sich auf.
Ein Kind tanzt
aus der Reihe
Kinder.

Wieso musst gerade du es anders machen als die anderen?

Das Kind tänzelt
am Arm gepackt
windet sich
heraus
findet keine Tür
weiss weder aus noch ein
stellt sich auf
ein Bein
Flamingo.

POSITION

Ein Häppchen auf ihrer Handfläche, hört sie zu
antwortet zwischen den mundgerechten Bissen
entspricht dem Rahmen, den sie bildet
erfüllt die Aufgaben, die sie erfüllen.
Im Licht der Sache, um die es ihr geht
wird sie gesehen, sieht sie die Sache.
In ihrer Position muss sie aufpassen.
Sie passt auf ihre Position auf
hat sie inne, in der Welt draussen.

SELBSTLÄUFER

Dass er nicht anstösst
biegt er ein
vornüber
angewinkelt
läuft er reibungslos
ein Mal angestossen
läuft er reibungslos
angewinkelt
vornüber
biegt er ein
dass er nicht anstösst.

KEINE MACHT

Sie macht sich schön.
Und sie ist schön, weil sie hat das so gemacht.
Und er findet sie schön, weil sie das so gemacht hat.
Aber wenn er sie nicht findet, ist sie verloren.

LIEBE UND WALFISCH

Ein Walfisch wiegt Tonnen
ist leicht, wenn er schwimmt
wie ich durch die Liebe
die Tonnen wiegt.

Ein Walfisch öffnet sein Maul in meiner Brust und
ich lege meinen Kopf hinein
mache die Augen zu.

Wach durch die Liebe, blinzle ich zum Himmel
schwimme ich und
öffne mein Maul.

SCHÖNHEIT

Wenn der Morgentau in der Sonne glitzert
und es so schön ist
wie du es dir oft gewünscht hast
dass es sei
dann ist es so.
Du stehst davor und kommst nicht hinein.
Versuchst, einen Tautropfen zu nehmen
er zerfällt an deinen Fingern
in deinem Mund ist er
nicht mal ein Schluck Wasser.

OHNE KRAFT

Mit einem Schulterzucken
ergebe ich mich
wie wenn der Arzt auf die Kniescheibe klopft
schnelle ich hoch.

ABSTAND HALTEN

Die Linien werden dünner.
Wir machen einen Schritt zurück
sehen so scharf, wie der Abstand zwischen uns gross ist
sehen scharf die Linien dünner werden.
Was kann ein Blick überbrücken?

Wir stehen voneinander ab
als fehlte eine Sprache
als wäre unsere zu grob
als bräuchte es mehr als Worte.

Stumm blicken wir durch die Schaufenster.
Ein gelbes Kleid wäre zu grell
wie ein hinausgedrücktes Lachen
in einer leeren Strasse
tragen wir gedeckte Farben.
Jeder kleine Tupfer zählt.

UNBERÜHRT

Jedes Ding, das sie umgibt
kommt von niemandem
aus dem Nichts.
Ohne Geschichte
nicht ihre Pflicht
trägt sie keine Sorge
hat sie kein Gewicht
berührt sie nichts.

VERSUCH EINER INTEGRATION

Darf ich mich zu euch setzen?
Um ihren Tisch füge ich mich ein
in die Runde
schliesst der Kreis sich wieder zu.
Nun.
Ich mag die aktuelle Mode.
Dieser Mittelscheitel steht mir
und auch diese Schuhe
damit sehe ich aus wie echt.
Also so wie ihr.
Was ich sagen will, ist: Ihr seht echt aus!
Ich meine: Ihr seid real.

Hat wohl nicht funktioniert.

ALTES BILD VON JUNGEN FRAUEN

Aus einem schwarzen Hintergrund heraus
leuchten nackte Frauen mit heller Haut.
Dank ihr werden sie nicht verschluckt
von dem Dunkel, das nicht ihres ist.
Auch nicht das Licht, das auf sie fällt.
Sie sind der Mond.
Ohnmächtig ziehen sie ihre Kreise
die schweren Köpfe weggedreht.
Nur ihre Körper sind ganz wach
die Brüste zum Himmel gewandt, wie zum Gebet
mit bebenden Schenkeln
und so weiter und so fort.

PILATES AUF YOUTUBE

Sie überlässt es mir
zu begehren und zu verachten
die erfolgreich ihr Körper ist
meinen Körper ihr zu überlassen.

Sie macht die Regeln nicht
befolgt sie ausschliesslich
beherrscht sie sich
ihr zu folgen.

Sie weiss, dass ich es will.
Der Rest ist ausgeschlossen
seien wir ehrlich.
Sie zwinkert mir zu
ich lächle zurück.

ALTE FRAU

Mit Anlauf wirft sie sich
der Vergeblichkeit entgegen.
Sie hat sich geschminkt
dabei kann sie kaum noch gehen
was sie in Highheels tut.

EMANZIPATION

Umfangen von seinem weissen Hemd
bin ich ein weisses Knäuel
leuchtend unter seinen Lampen
in seiner gefassten Stimme
aufgehoben.

Der lose Faden meiner Trauer
über die Erlösung, die niemand bringt
wird von niemandem aufgenommen.

»Everyone is on his own«, kommentiert Joni Mitchell trocken.

Über gefrorene Wiesen laufend
die Kapuze in der Stirn
erfinde ich ein neues Lied
singe es leise vor mich hin.

LEIDENSCHAFT

Sie hat einen schweren Stand.
Schwerwiegend wie sie ist
wiegt sie nichts
ist angreifbar
in ganzer Breite
voll da.

Bedingungen stellen kann sie nicht
kann nicht nicht
will unbedingt
ist darin lächerlich
bestenfalls ein bunter Hund
ein zarter Elefant, eigentlich
schert sie sich nicht darum.

AUSGEBUCHT

Man vermeidet ein leer stehendes Gesicht.
Das bietet zu viel Raum für eine Faust in die Fresse.
Man trägt das Gesicht ausgebucht
wie ein Restaurant
in dem man alleine zu Abend isst.

POSITIV

Umgehend
geschmeidiger Übergang zu
ja, natürlich
natürlich ja.
Wo war ich?
Ach ja, dort
ach ja, da.
Ein Nein akzeptiere ich einfach nicht.
Einfach, ja.
Der Tod gehört ja auch zum Leben, nicht wahr?
Alles eins.
Ein und aus und ein
alles meins.
Ich, du, er, sie, es, wir
sind uns einig
alles mir.

EINE NEUE VASE

Eine neue Vase reicht nicht.
Man müsste den Raum umbauen
extra für dich
von Grund auf.
Neue Mauern
jeder einzelne Ziegel
bis ins kleinste Detail
genau so, wie du es willst
würdest du repräsentiert.

Die Frauen würden sich an deinen Wänden reiben
und die Männer würden weinen
wegen der Höhe der Decken
und der Farbauswahl der Steine
die du getroffen hast.
Du wärst in den Winkeln und im Licht
hättest dich selbst nicht mehr nötig
nur die anderen dich.

Aber eine neue Vase reicht nicht.
Zumindest nicht diese
vielleicht eine andere
die dir mehr entspricht.
In Orange oder so
mit einem Muster
mal sehen.

IMMERHIN ERZITTERT

Die Fische sind, was sie sind.
Sie sind.
Und der Fluss und das Licht und wie es bricht
das ist.
Und die Wasseroberfläche erzittert und ich erzittere mit.
Und so bin ich
immerhin erzittert.

SCHATTEN

Verstehen Sie, was das bedeutet:
Schatten?
Die grosse Sonne, so gross, ich meine
viel grösser als die Welt
vom Himmel, ich meine, der Himmel
verstehen Sie:
Himmel?
Der überzieht ja diese Welt und
geht noch weiter und
wird zum Universum.
Ich meine das Universum
verstehen Sie?
Und das alles zusammen, über uns zusammengeballt
und dann fliegt so ein kleiner Vogel, eine ganz normale Amsel
und wirft einen Schatten.

BEWIESEN

Die Steinbank steht noch da.
Ein Beweis, dass es mich gab. Also doch.
Ich sass neben ihm, soweit ich mich erinnere
zweifelte er mich an.
Was weiss ich, was ich war, so verzweifelt war ich.
Aber die Steinbank steht noch da.
Ich setze mich auf ihren Stein, mit meinem Arsch.

SELBST DANN

Selbst, wenn alles gesagt werden könnte
besser gesagt
selbst, wenn ich alles besser sagen könnte
als ich es kann
selbst dann.

WIE SIE

Sie trägt ihren Namen, wie ich meinen
trage die Kleider wie sie.
Wir prüfen das Material
ziehen die gleichen Schlüsse.

Ein Schmunzeln gelingt uns.

Unsere Kinder
und Tiere
und Freundinnen
und Männer.

Ein Kompliment liegt vor unseren Füssen.
Willst du? Soll ich? Okay.

Es hätte für uns gleich anders kommen können
so kamen wir entlang dieser Strasse.
Die Blicke fallen in die gleiche Richtung
wie die Blätter von den Bäumen.
Unsere Töchter heben eines auf
wollen beide dieses Blatt
für sich ganz allein.

KINDER

Kinder ziehen an den Armen ihrer Eltern
hüpfend Kreise wie Planeten.
Lassen sich aus den Bahnen fallen
durch das Weltall
prallen auf die Erde.

URLAUB IN ITALIEN

Auf weiten Äckern stehen Bauernhöfe
aus altem Stein, wie in den Geschichten
vom harten Leben.
Daran vorbei, mitten durch, donnert die Autobahn
ans Meer.

Das Meer ist Natur, wie ein Wald.
Aber wir können nicht so hineingehen.
Wir bauen Hotels davor und sitzen davor
Hand in Hand ratlos schwankend
fügen wir uns ein in die Generationen.

Davor bestimmten die alten Höfe das Leben
eingemauert gegen das Wetter
von Westen herkommend.
Weisse Tücher flatterten über dem Boden.

Dunkle Männer verkaufen Tücher am Strand.
Sie flattern über den Sand.
Dunkle Männer arbeiten in den Küchen drin
nicht vorne bei den Gästen, die wir sind.
Ist das Rassismus oder der Lauf der Dinge?

Wir schicken unsere Wünsche zum Horizont
weit hinten.
Versuchen, unsere Geschichte auf Postkartenformat
zu bringen.

WIR

Selbstverständlich nehmen wir Anteil.
Erstaunt, wenn wir ehrlich sind
umso berauschter
ein Wir
durch unsere Werte
sich offenbarend im Mitgefühl
offenbart sich seine Abwesenheit
für die anderen.

UNWISSEN

Unser Wissen führt zu nichts
im Kreis einer gemütlichen Runde
ufert es aus
kein Land in Sicht.

Eine Frage hinterliesse Flecken
wie das Verstehen den Raum beträte
als ein ungebetener Gast.

VORSTELLUNG OHNE PUBLIKUM

Du stellst dir vor, dass jemand dich sieht
wie du ein Buch liest
alleine
aus einem Wollen
das Liebe gleicht.

Er würde dich lieben dafür
dieser Mensch, den du dir vorstellst.

Du wünschst dir aus einem Wollen
ein Buch zu lesen
alleine
wünschst du dir dieses Wollen
wie eine Liebe.

Du stellst dir jemanden vor, der dich liebt
für deine Liebe zu Büchern
doch du liebst ihn
diesen Menschen, der nicht existiert.

Und wenn, dann läse er ein Buch
aus einem Wollen, das Liebe glich
und sähe dich darüber nicht.

MEINE NACHBARIN

Meine Nachbarin
du spiegelst dich
an der Achse im Treppenhaus.

Du bist wie ich
mit dem Unterschied
dass du nicht Ich bist.

Ich bin besser als du
das war schon immer so.
Wozu wär ich sonst einzigartig?

Ich reflektiere mich
in meinem Blick auf dich.
Du siehst mich aus dem Augenwinkel.
Siehst du mich?
Ich rufe dir zu.
Du grüsst nicht zurück.
Denkst du, du seist was Besseres?

Wir hören einen hellen Schrei
ein Vogel kreist weit über uns
als wären wir zwei Mäuse.

Ich empöre mich
zu ihm hinauf.

DAS MITTLERE

Drei Gesichter hinten
links, rechts, oberhalb und in der Mitte
aufgeschichtet bis zur Höhe meines Blicks
wo er hinfällt
fangen ihn bunte Schriften auf.
Zum Sound der Warenerfassung
piepst eine Stimme: Ist das alles?
Ach ja, mein Blick, da ist er ja
da war ja ein Gesicht
1, 2, 3, dem mittleren
wünsch ich einen schönen Tag.

KLEINSTER GEMEINSAMER NENNER

Diese Beiz, in der alle willkommen sind
die Cordon-Bleu mögen mit Pommes
und Bier
betrete ich in einem kurzen Rock
und hohen Stiefeln
alle schauen zu mir.
Wir nicken uns zu und wünschen
einen Guten.

PUSH UP BH

Ich kann ihn weder in Form bringen noch halten
meinen unförmigen Körper
eines seltsamen Tieres.

Pferde sind schöner, wie sie galoppieren
als eine Frau durch ein Kornfeld die Szene betritt
einen formvollendeten Busen über den Ähren tragend.

Einen Push-Up-BH
trage ich Schaumstoff über Asphalt
die Krone der Schöpfung.

HALT

Ein Falter lässt sich auf meine Schulter fallen.
So stehen wir zusammen
unter dem Licht.

Sein Gewicht hält mich sachte zurück.
Ist fast nicht da
doch ist.

BLECHHÜTTE

In meiner Blechhaut will man nicht stecken
wenn die Sonne drauf scheint
ist es so heiss.

Kein Haus
Holz, Stein, Küche, Fensterläden.
Eine Blechhütte
immerhin
wozu denn überhaupt?

Innen wie aussen deckungsgleich
Wärme, Kälte, sein Geruch
der Wind geht durch und durch.
Er und ich halten nichts.

Frag nicht mich.
Sie steht halt da und niemand reisst sie ab.
Das müsste man schon tun.
Probier es ruhig.

BESETZT

Zwischen einem gehobenen Daumen
und einem Zwinkersmiley
sitzen wir schweigend
unterhalten sich höflich unsere Schultern
hockt sich ein Love zwischen uns.
Entschuldigung, dieser Platz ist besetzt
Augen verdrehendes Herz.

VERBORGEN

Ich bin telefonisch und per E-Mail erreichbar
rufe umgehend zurück
stehe zur Verfügung für Fragen, antworte so schnell wie möglich
empfange die Post und öffne sie noch im Treppenhaus.
Mein Namensschild entspricht den geltenden Anforderungen.
Ich putze die Fenster, enteise das Gefrierfach
bringe das Altpapier zum richtigen Zeitpunkt
runter zur Strasse, verdiene Geld
probiere ab und zu neue Rezepte aus
schminke mich dezent und dusche täglich.
Meine Achseln, Beine und die Bikinizone rasiere ich schonend
als etwas gegen die Wohnungstür knallt
schneide ich mich in den Oberschenkel
schaue durch den Spion.
Ein Typ holt Anlauf mit blutiger Stirn.
Ich drehe den Schlüssel um
ziehe die Vorhänge zu
habe etwas zu verbergen
verberge es
berge es
während der Typ wieder Anlauf holt.

TAUGT DAS WAS?

Wen frag ich das?
Warum?

KÄTZCHEN IN DER SCHWEBE

Ihr Bewusstsein darüber, dass sie einer Babykatze gleicht
trägt sie durch den Tag.
Sie ist eine sexy Babykatze mit einem weichen Fell in Hellrosa.
Sterne umspielen ihre prallen Wangen.
Verträumt sinken sie von ihren Ohrläppchen herab
nehmen in ihren Augen als Pupillen Platz.

So eine ist sie.
So ein Kätzchen mit einem Po, so rund wie ein Mond
der in der Nacht leuchten kann.

Sie arbeitet hart wie die meisten von uns.
Doch nur sie hat Tatzen mit Krallen in Silbrig.
Das hebt sie ab.
Ein paar Zentimeter über dem Gehweg
hält sie sich in der Schwebe.

GANZ

Du bist so ganz wie eine Erbse
schaust mich ganz an
als wäre ich so wie du.

Ich schäme mich für meinen Stolz
auf dieses Missverständnis.

Ich bin dir ganz verpflichtet
so werde ich verdichtet.

HELLES TIER

Du helles Tier hast nichts gejagt.
Dir fliegen reife Früchte zu
du öffnest deinen Mund
so wie Miles Davis spielt
hast du keine Angst.

So wie du liegst
könnte man meinen, es sei ein Sommertag.
Ein Wind umspielt dein blondes Haar.
Du lässt ihn machen, wie er mag.

Ganz nebenbei bist du
ein schöner Mann.
Du lachst.
Hast du denn vor gar nichts Angst?
Mein Herz legt sich in Falten.
Du lässt es machen, wie es mag.
Du helles Tier hast nichts gejagt.

WOLLEN KÖNNEN

Können und nicht wollen.
Nicht wollen können.
Wollen können wollen
aber nicht können.
Wollen und nicht können.

SCHAUM DER TAGE

Wenn du deine Augen öffnest
bin ich schon seit Stunden wach
habe ich an dich gedacht
für Stunden.
Wenn du zu dir kommst
wasche ich die Teller ab
den Schaum des Tages
auf den Knöcheln.

ANALYSE

Endlich unterscheide ich die Stücke.
Du bist eines unter ihnen.
Ich unterscheide dich von mir
uns voneinander, als zwei Stücke.
Ich bin jetzt ganz genau.
Du bist dort.
Ich bin da.
Du bist ein Stein, den ich in meiner Manteltasche trage
warm in meiner Hand.
Überraschst kalt meine Fingerkuppen
du.
Genauer wäre Kieselstein
das kommt von Kieselsäure
heisst jetzt Siliciumdioxid.
Kieswüsten sind für Fahrzeuge und Dromedare
gut zu durchqueren.

GELÖST

Wir sind unser Problem.
Du meins und ich deins
bleiben wir ungelöst
noch ein bisschen
zusammen.

FREUND

Er rührte das Essen nicht an.
Stattdessen hast du es gegessen
überzeugt schmatzend
während ich im Nebenzimmer hockte
mit dem anderen
wurdest du zu meinem Freund.

SUMMEN

Wenn die Mutter gern fort wäre, summt sie vor sich hin.
So hört das Kind ihre Stimme und weiss: Sie ist da.

DIE VÖGEL

Die Vögel sind bei uns geblieben.
Vor den Fenstern kreuzen sie den Himmel
bringen uns unerwartet aus der Fassung.

In den Abständen zwischen den Häusergruppen
sitzen sie auf den Bäumen, als wären es ihre.
Im Sturzflug lassen sie sich fallen, einer Nuss hinterher
sie zu knacken auf dem Gehweg.
Auf dem Nussknackweg.

Sie zwitschern ungehemmt im Einkaufszentrum
als wäre es eine ihrer Baumkronen.

Ohne sie würden wir sterben.

DRESSURREITEN

Wie ein Pferd halte ich es zurück
sammelt sich das Streben
zu einem gespannten Körper, wie eine Feder
berührt den Boden kaum, vor Aufmerksamkeit.
Ein Schnalzen genügt.
Ein Loslassen wäre gefährlich
vielleicht mein Tod
bewegt mich fort.

Die Autorin

Anna Frey, geboren 1987, ist Rapperin, Performerin, Lyrikerin und Regisseurin.
Sie verbrachte ihre Kindheit im »Zirkus Theater Federlos« im In- und Ausland.
Seit über zwanzig Jahren tritt sie als Rapperin auf. Hauptsächlich mit der Band »Anna&Stoffner« und im Duo mit dem Gitarristen Flo Stoffner hat sie in der ganzen Schweiz Konzerte gespielt und mehrere Tonträger veröffentlicht.
Studiert hat Anna Frey Theaterregie, an der Hochschule für Musik und Theater in Hamburg. 2017 feierte ihr Regie-Debut »Selber schuld« am Fabriktheater in Zürich Premiere. Sie ist in verschiedenen Theaterproduktionen als Performerin aufgetreten.
2021 erschienen erstmals zwei ihrer Spoken-Word-Texte in der Anthologie »Wortknall« im Verlag »Der gesunde Menschenversand«.
Im selben Jahr entwickelte sie eine Bild-Text-Installation mit der Filmkünstlerin Maxi Schmitz an der Gessnerallee Zürich, die 2023 präsentiert wird.
Sie lebt und arbeitet in Zürich und ist Mutter einer Tochter.

www.annafrey.net

Danke an

Flo, Maxi, Dora und Martin, Ursi, Julia, Eva, Ilia.

Der Verlag dankt dem Kanton Zürich für die Unterstützung bei der Herstellung des Buches.

Der verlag die brotsuppe wird vom Bundesamt für Kultur mit einer Förderprämie für die Jahre 2016–2024 unterstützt.

www.diebrotsuppe.ch
ISBN 978-3-03867-081-0

Alle Rechte vorbehalten.
©2023, verlag die brotsuppe, Biel/Bienne
Umschlag, Layout, Lektorat: Ursi Anna Aeschbacher
Druck: www.cpi-print.de